고정욱 선생님이 들려주는
사랑과 배려의 이야기

차에 앉아만 있는 아저씨

글 고정욱 | 그림 김미규

도서출판 명주

머 리 말

사랑의 반대말이 무엇일까요? 흔히 미움이라고 생각하기 쉽습니다.

하지만 사랑의 반대말은 무관심이랍니다. 관심 없이 내버려질 때 그것은 미움만도 못한 것이기 때문입니다.

사랑해서 관심을 갖게 되면 우리는 그 사람을 위해 배려를 합니다. 힘들고 어려운 걸 미리 알아서 챙겨주고, 그 사람의 입장에서 보살피고 도와주려 합니다. 그래서 사랑이 마음이라면 배려는 그 사랑을 표현하는 행동이지요.

요즘 어린이들이 사랑과 배려가 많이 부족하다고 어른들은 말합니다. 그렇지만 나는 그렇게 생각하지 않습니다. 어린이들에게 없는 것은 바로 어른들이 보여주지 못했기 때문이니까요. 어른들이 사랑과 배려를 실천한다면 어린이들이 보고 배우지 않을 리 없습니다.

이 책에는 사랑과 배려를 주제로 한 작품 8편을 실었습니다. 어린이들이 싫증내지 않고 읽을 수 있는 짧은 글들입니다. 비록 내용은 짧지만 하나하나가 내가 경험하거나 느낀 사건들로 구성되어 있습니다. 재미있게 읽다보면 분명히 이야기 속에서 사랑과 배려의 소중함을 배우게 되리라 믿습니다. 어린이 여러분들에게 소중한 선물이 될 것입니다.

북한산 기슭에서

고정욱

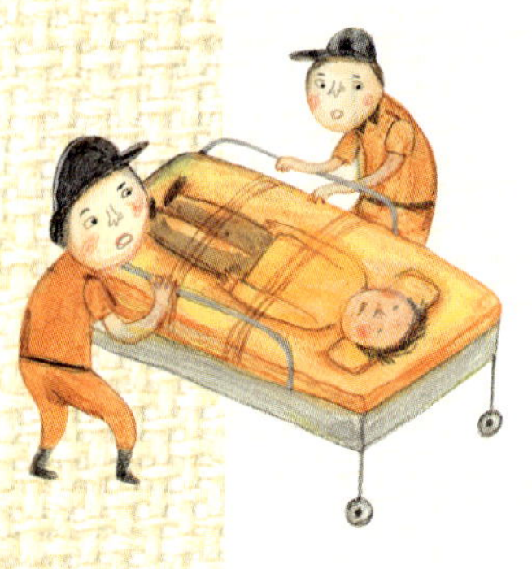

차　례

도시락 안 싸간 날

하늘이 파랗고 따뜻한 봄바람이 불어오던 날이었습니다. 희망 초등학교 앞에는 엄마와 함께 온 1학년 어린이들이 교실로 하나둘씩 들어가고 있습니다.

"민정아! 공부 잘해."

민정이는 엄마와 떨어지기 싫어서 입을 삐쭉댑니다. 아직은 학교 생활이 적응되지 않았기 때문입니다.

"소연아, 재미있게 놀아."

소연이는 머리를 나풀나풀 휘날리며 교실로 들어갔습니다.

"송이야! 오늘도 선생님 말씀 잘 들어."

"네."

송이는 가다가 돌아보다 가다가 돌아보다를 되풀이하면서 엄마가 아직도 학교 문 앞에 서 있나 살펴보네요. 역시나 엄마는 송이가 교실에 들어갈 때까지 꼭 지켜보고 있습니다.

교실로 들어갔던 송이는 엄마가 이제는 갔겠지 하고 다시 뛰어나가 봤습니다. 그런데도 엄마는 거기에 여전히 서 있었답니다.

"엄마! 사랑해!"

송이는 머리 위에 두 팔을 올려서 하트 모양을 만들었습니다. 엄마도 똑같이 하트를 만들어서 사랑한다는 표시를 보냈습니다. 신이 난 송이는 실내화를 신고 교실로 들어갑니다.

"선생님, 안녕하세요?"

“송이야, 어서 와.”

선생님은 송이를 반갑게 맞이해 주었습니다.

음악시간에 송이는 친구들과 노래를 불렀습니다.

따따따 따따따 주먹손으로

따따따 따따따 나팔 붑니다.

우리들은 어린 음악대

동네 안에 제일 가지요

쿵작작 쿵작작 둥근 차돌로

쿵작작 쿵작작 북을 칩니다

구경꾼은 모여 드는데

어른들은 하나 없지요.

노래하고 춤추면서 시간이 흘렀습니다.

드디어 점심시간이 되었답니다. 오늘은 특별히 집에서 도
시락을 싸오기로 한 날입니다. 매일 먹는 급식과 다르게 엄마

의 정성을 느끼도록 하기 위해서입니다.

“어린이 여러분, 모두 점심 도시락을 꺼내세요.”

“네.”

소연이는 빨간 도시락을 꺼내서 뚜껑을 열었습니다. 안에는 맛있게 볶은 볶음밥과 토마토 그리고 김치가 들어 있습니다.

“와, 맛있겠다!”

아이들이 지켜보며 탄성을 질렀습니다.

하림이가 도시락을 열었습니다. 안에는 동그랗게 만 예쁜 김밥이 고개를 쏙 내밀었습니다.

“정말 정성껏 싼 도시락이네.”

선생님이 칭찬을 했습니다.

송이도 가방에서 도시락을 꺼내려고 했습니다. 그런데 가방에 손을 넣었는데도 도시락이 잡히질 않았습니다.

“어, 어디 갔지?”

큰일이 났습니다. 깜빡 잊고 엄마가 도시락을 안 싸 주신 거였습니다.

"어쩜 좋지?"

송이는 눈물이 나려고 했습니다. 하지만 이제 집에 전화해
도 직장 다니는 엄마가 도시락을 가져다 줄 수는 없었습니다.
고개만 푹 숙이고 엎드려 있을 수밖에요.

"자, 오늘은 특별히 엄마가 싸주신 점심을 먹는 날이에요.
옛날에 급식이 없을 때는 이렇게 매일매일 도시락을 싸와서
먹어야만 했답니다. 그러니 엄마들이 얼마나 힘들었을지 알
겠죠?"
"네."

“오늘은 엄마가 싸주신 맛있는 도시락을 먹으면서 어머니 은혜에 감사하는 날이에요. 모두들 맛있게 먹도록 하세요.”

“네. 잘 먹겠습니다.”

아이들은 모두 병아리처럼 대답하고 밥을 먹기 시작했습니다.

하지만 송이에게는 먹을 밥이 없었습니다.

‘치, 엄마는 나빴어. 밥도 안 해주고.’

선생님이 그런 송이에게 오셨어요.

“아니, 송이는 도시락을 안 싸왔네.”

“네.”

송이 눈에서는 이제라도 눈물이 쏟아질 것 같았습니다.

“저런, 어머니가 깜빡 잊으신 모양이구나.”

갑자기 선생님의 다정한 목소리를 듣자 송이는 참고 있던 울음보가 터지고 말았습니다.

“으아앙!”

아이들은 모두 밥을 먹다 말고 송이를 바라봤습니다.

“걱정하지 마. 송이야. 방법이 다 있단다.”

선생님은 책상 서랍에서 커다란 접시를 하나 꺼냈습니다.
그 접시는 아이들에게 동그라미와 네모 세모를 가르칠 때 쓰
는 접시랍니다.

“자, 어린이 여러분! 우리 친구 송이가 도시락을 안 싸왔어
요. 송이가 배고픈 게 좋아요, 싫어요?”

“싫어요!”

이이들은 일제히 대답했습니다.

“그럼 우리 송이에게 점심을 만들어 줄까요?”

“네.”

모두 입을 모아 대답했습니다.

“선생님, 그런데 어떻게요?”

민정이가 궁금해 물었습니다.

“선생님 하는 대로 따라 하면 되지요.”

선생님은 숟가락을 들고 아이들 자리를 다니면서 밥을 조
금씩 덜었습니다. 아이들은 모두 다 신이 났습니다. 왜냐하면

엄마들이 사랑의 마음을 가득 담아 도시락을
많이 싸주어서 밥이 남기 때문입니다.

하림이는 밥을 한 숟가락 주었습니다.
민정이는 김치를 한 조각 주었습니다.
영철이는 맛있는 사과 한 쪽을 주었습니다.
소연이는 방울 토마토를 두 개 주었습니다.
그리고 선생님은 젓가락과 숟가락을 송이
에게 빌려 주셨답니다.
모든 아이들이 싸온 밥과 반찬이 접시에
가득 담겨 있었습니다. 엄마가 싸준 도시락보
다 더 맛이 있게 생겼습니다.
"자, 맛있게 먹자."
"감사히 먹겠습니다."
울던 송이는 눈물을 닦고 큰 소리로 외쳤
습니다. 그리고 접시에 놓인 음식을 맛있게
먹기 시작했습니다.

그날 송이네 반 아이들은 한 사람도 굶지 않고 도시락을 배불리 먹었습니다. 다음에 다른 아이가 도시락을 안 싸오면 똑같이 밥을 나눠줘야지 하고 송이는 생각했답니다.

어버이날 생긴 일

“와장창!”

민경이가 의자를 딛고 올라서서 연 싱크대 수납장에서 접시들이 부엌 바닥으로 쏟아져 내려 산산조각으로 깨지면서 요란한 소리를 냈습니다.

“꺄악!”

밑에 있던 민지가 놀라 비명을 질렀습니다.

“아, 안 다쳤어?”

민경이가 놀라 물었습니다.

"난 괜찮아. 그런데 접시 깨서 어떡해!"

민경이는 얼굴이 흑색이 되어 의자에서 내려왔습니다.

오늘은 어버이날, 초등학교 4학년인 민경이와 2학년 민지는 출근하신 엄마를 위해 뭔가 그럴듯한 비밀 선물을 준비하는 중이었습니다.

엄마는 민경이와 민지가 어렸을 때 교통사고로 아버지를 잃은 뒤, 두 딸을 혼자서 힘들게 키운답니다. 학습지 교사 일을 하느라 집집마다 돌아다니고 매일 저녁 늦게 들어오기 때문에 민경이와 민지는 늘 숙제를 하고 단둘이 함께 노는 데에 익숙합니다. 밥은 엄마가 차려놓은 것을 먹고 설거지까지 하는 착한 자매입니다.

특별히 어버이날이어서 두 아이는 오늘 낮에 엄마에게 줄 선물을 준비했습니다.

"엄마가 머리에 이걸 하면 참 예쁠 거야."

"맞아. 잘 어울려."

용돈을 모아 머리핀과 손수건을 사서 예쁘게 포장했습니다. 카드에는 엄마에게 보내는 사연도 써서 선물과 함께 식탁에 올려놓았습니다.

"참, 엄마가 밖에 나갔다 오면 배가 고프실텐데……."

"그럼 어떻게 하지?"

"우리가 엄마 좋아하는 만두국을 끓여 놓자."

"만두국? 그래 좋아."

두 아이는 가까운 편의점으로 달려갔습니다. 용돈이 좀 남았기 때문에 그 정도면 충분히 엄마가 드실 만두 한 봉지는 살 수 있었습니다.

"야, 맛있겠다."

"맞아. 엄마가 제일 좋아하는 물만두야."

"그래, 낮아."

"난 초간장을 만들게."

동생 민지는 간장을 부어 놓고 파를 송송 썰어 넣었습니다. 그리고 식초와 고춧가루도 좀 쳐서 양념장을 만들었습니다.

이제 만두만 잘 끓여 먹음직스럽게 예쁜 그릇에 담아 상에 올려놓으면 정확히 7시 10분에 돌아오는 엄마가 기뻐할 거였습니다. 그런데 싱크대 위에 얹혀 있는 예쁜 그릇을 꺼내려다 이렇게 큰일을 내고 만 것입니다.

"어떡해? 난 몰라! 잉잉잉!"

걱정된 민지가 울기만 하니까 민경이가 달래주었습니다.

"걱정 마. 빨리 치우자."

"엄마한테 혼날 거잖아."

"그건 그거고, 지금은 치우는 게 중요해."

민지는 겁이 나서 울상입니다. 하지만 시간이 없습니다. 민경이는 쓰레기 봉지를 가져와 큰 접시 조각을

담았습니다. 그리고 작은 조각과 유리 가루는 조심스럽게 빗자루로 쓸었습니다. 속으로는 이제 엄마가 돌아와 야단칠 일이 두려워 가슴이 떨렸지만 뒷정리라도 빨리 해야 할 것 같았습니다.

"언니, 어떡해! 저기……."

민지의 말에 놀라 고개를 돌아보니 아까 불 위에 얹었던 만두가 끓어 가스레인지 위로 넘치고 있었습니다. 황급히 달려가 불을 끄다 민경이는 발바닥에서 뭔가 따끔하는 것을 느꼈습니다.

"아야야!"

주저앉아 발바닥을 살펴보니 깨진 접시의 작은 조각이 하나 남아 엄지발가락 밑에 박혀 있었습니다.

"언니, 어떡해! 아앙, 피 나!"

보고 있던 민지가 울음을 터뜨렸습니다.

"괜찮아. 반창고 붙이면 돼."

민경이도 울고 싶었지만 동생이 먼저 우니 함께 울 수도 없었습니다. 앉은 채로 움직여 서랍장으로 가서는 일회용 반창고를 가져왔습니다. 흐르는 피를 닦고 반창고를 꺼내 상처에 붙이고 나자 비밀번호 누르는 소리가 나더니 현관문이 열렸습니다.

"엄마다."

민지는 겁에 질린 얼굴로 민경이 얼굴을 바라봤습니다.

"얘들아, 엄마 왔다."

지친 얼굴로 집에 들어온 엄마는 코를 킁킁대며 물었습니다.

"아니 이게 무슨 냄새야?"

엄마는 잰 걸음으로 부엌으로 달려왔습니다.

"너희들 뭘 끓여 먹었어?"

두 아이는 그 자리에서 얼어붙었습니다. 이제 엄마의 불호령이 떨어질 것이기 때문입니다.

"아니. 이게 무슨 난장판이야? 그릇은 왜 다 깼니? 냄비는 넘쳐서 다 엉망이고……."

엄마의 목소리가 신경질적으로 높아졌습니다.

민경이와 민지는 두려워 눈을 꼭 감았습니다. 이제 엄마

의 불호령이 내릴 것이기 때문입니다. 어버이날 잘 해보려던 일이 다 엉망이 되었습니다. 그게 속상해 두 아이는 훌쩍였습니다.

"흑흑!"

말을 못하고 눈물만 흘리자 아니나 다를까 화가 난 엄마가 손에 파리채를 들고 다가옵니다.

"너희들 엄마 없는 사이에 뭘 한 거야? 응? 밖에서 힘들게 일하고 온 엄마를 쉬게는 못할망정 이렇게 집안을 엉망으로 만들어 놔야 해? 응?"

"잘못했어요."

"다신 안 그럴게요."

두 아이는 앞뒤 사정을 말할 용기도 없이 잘못을 빌었습니다.

"내가 정말 너희들 때문에 못살겠어."

자초지종도 들어보지 않은 채 엄마의 파리채가 사정없이 아이들의 종아리로 떨어집니다.

"엄마, 잘못했어요. 엉엉엉!"

“죄송해요, 엄마. 엉엉엉!”

두어 차례 매를 때린 엄마는 파리채를 집어던지고 식탁 의자에 털썩 앉았습니다. 민경이와 민지는 서로 끌어안고 아픈 종아리를 문지르며 흐느꼈습니다.

“내가 왜 사는데? 너희들 어떻게 해서든지 보란 듯이 잘 키워보려고 사는데, 왜 너희들은 속만 썩이는 거야? 엉? 차라리

이럴 바엔……."

푸념을 하던 엄마는 그 순간
식탁 위의 선물과 카드를 보았습
니다. 봉투 겉면에 '사랑하는 엄마에
게'라고 씌어 있었지요.

엄마는 조용히 카드를 꺼내 읽었습니다. 민경이와 민지는
숨을 죽이고 엄마가 카드 읽는 모습을 지켜봤습니다. 카드를
다 읽은 엄마는 잠시 말없이 허공을 올려다 보았습니다. 민경
이와 민지는 또 다른 불호령이 내릴까봐 조마조마했습니다.

엄마는 자리에서 벌떡 일어났습니다. 그리고 아직도 방 한
구석에서 흐느끼는 두 딸들에게 다가왔습니다.

"민경아, 민지야."

"어, 엄마."

두 아이는 또 파리채가 날아오나 싶어 눈도 제대로 못 떴습
니다.

"엄마가 잘못했어. 그런 줄도 모르고……. 흑흑!"

"엄마아!"

“엄마한테 이렇게 사랑을 주는 것도 모르고…….”

세 모녀는 꼭 끌어안고 그렇게 한참을 울었습니다.

“미안하다. 앞으론 다시 너희를 안 때릴게.”

“엄마, 괜찮아.”

“엄마 울지 마. 흑흑!”

식탁 위의 카드가 부엌 창으로 들어오는 5월의 훈훈한 바람에 펄럭이며 그 안의 내용을 살짝 보여줬습니다.

사랑하는 엄마.

오늘도 피곤하셨죠?

저희들을 위해 아빠 대신 힘들게 일하시는 거 다 알아요.

오늘은 어버이날, 저희가 용돈을 모아 엄마 선물 준비했어요.

비록 작은 선물이지만 우리 정성이니 받아주세요.

그리고 엄마, 우리가 빨리 커서 아빠 대신 엄마를 지켜 드릴게요.

엄마 말씀도 잘 듣고 공부도 열심히 할게요. 사랑해요. ♡

엄마의 사랑하는 딸 민경, 민지 올림.

아빠의 주머니칼

　할머니 장례를 마치고 아빠와 엄마는 검은 상복을 입은 채 작은 상자 하나를 가지고 집에 돌아왔습니다.

　"아빠!"

　장례 기간 동안 외할머니가 와서 봐준 희철이는 아빠 엄마 품에 달려가 안겼습니다.

　"우리 희철이 잘 있었어?"

　"네."

아빠와 엄마의 얼굴이 며칠 새 수척해 있는 것을 보니 희철이는 마음이 아팠습니다.

"어서 오게. 큰 일 치렀네."

외할머니는 아빠의 등을 두들겨 주었습니다.

"장모님, 고생하셨습니다. 우리 희철이 보시느라……."

"그런 말 말게. 내가 무슨 고생을 했다고 그러나."

엄마와 아빠는 짐을 풀었습니다. 엄마가 외할머니와 거실에서 이야기를 나누는 동안 아빠는 욕실에 들어가 샤워를 했습니다.

"무슨 상자지?"

호기심 많은 희철이는 아빠가 안방 입구에 놔둔 작은 상자를 발견했습니다. 조심스럽게 뚜껑을 열어봤습니다. 상자 안에는 오래된 사진 몇 장과 아빠가 어린 시절

받은 상장, 서류 뭉치 같은 것이 들어 있었습니다. 아마도 시골집에 남아 있던 것들 같았습니다.

"와, 아빠가 공부를 잘 했네."

희철이는 아빠의 많은 상장들을 펼쳐 보면서 중얼거렸습니다.

"어, 이건 뭐야?"

희철이는 서류 뭉치 안에서 아주 이상한 물건을 하나 발견했습니다. 한 5센티미터 정도 길이의 그것은 검붉은 녹이 슬어 있었습니다. 납작한 쇠에 나무로 자루까지 달려 있었습니다. 나무에도 손때가 까맣게 끼어 있어 얼핏 보면 칼 같은데 칼이라기엔 너무 어설펐습니다.

"아빠, 이거 뭐예요?"

궁금증을 참지 못한 희철이가 목욕을 마치고 나온 아빠에게 그 물건을 들고 가서 물었습니다.

"응, 그거……."

아빠는 수건으로 젖은 머리를 말리며 쓸쓸한 미소를 지어 보였습니다. .

"이거 칼이에요?"

"응. 아빠가 네 나이 때 만든 주머니칼이야."

"정말요? 와 신기하다. 어떻게 아빠가 이런 걸 만들어요?"

"못으로 만들었어."

못은 둥근데 그 물건은 납작해 희철이는 아직도 이해가 되지 않았습니다.

"아빠가 망치로 막 때려서 납작하게 만든 거에요?"

"아니."

"그럼요?"

"기차 바퀴로…….”

"기차 바퀴로요?"

"그럼! 기차 바퀴가 납작하게 만들었지."

아빠는 희철이를 무릎에 앉히고 옛날 이야기를 했습니다.

"아빠 어린 시절엔 장난감이 없었단다. 그래서 못을 하나 주우면 그걸 들고 기찻길로 가는 거야."

“야, 기차 안 와.”

장난꾸러기 기호가 코를 훌쩍 들이마신 뒤 말했습
니다.

“철로에 귀를 대보면 기차가 오는지 안 오
는지 알 수 있어.”

“지금 안 오는 거 맞아?”

약간 겁이 난 민철이가 물었습니다.

"응. 기차 소리가 안 나니까 빨리 못 올려놔."

기호와 민칠이는 공사장에서 주워 온 못 몇 개를 철로 위에 얹어 놓았습니다.

학교가 끝닌 뒤 두 이이는 집에 가지 않고 이렇게 주운 못을 들고 읍내의 기찻길까지 긴 것입니다.

“나사못이면 더 좋은데.”

“나사못이 왜 좋아?”

“나사못은 우둘두둘해져서 톱을 만들 수 있단 말이야.”

“정말?”

“그럼.”

두 아이가 기찻길가에서 이런 이야기를 나누는데 저만치에서 기적 소리가 들렸습니다.

“온다.”

기호가 신이 나서 다시 철로에 귀를 대봅니다. 민철이도 덩달아 귀를 대보았습니다. 웅웅거리며 정말 철로 우는 소리가 들립니다.

“자, 이제 기다리기만 하면 돼.”

작게 보이던 기차는 점점 커지더니 굉음을 내며 아이들이 못을 올려 놓은 레일 위로 지나갔습니다. 무거운 기차 바퀴에 깔린 못은 저만치 튕겨 나갔습니다.

“와! 멋지다.”

기차가 사라진 뒤 두 아이는 철로 부근에서 못을 찾아 주워

들고 집에 왔습니다. 납작해지긴 했지만 곧 주머니칼이 되는 것은 아니었습니다.

쓱싹쓱싹!

민철이는 아버지가 낫을 갈 때 쓰는 숫돌에 대고 못의 한쪽 면을 갈기 시작했습니다. 중학생 형이 그러는데 이렇게 갈아서 불에 달군 뒤 물에 갑자기 넣으면 쇠가 단단해진다고 했습니다. 그내로 하려는 것입니다.

하지만 고사리 같은 손으로 쇠를 갈아 날카롭게 한다는 건 무척 어려운 일이었습니다.

"별로 안 날카로운데요?"

희철이가 주머니칼의 날에 손을 대보면서 물었습니다.

"오래 되어서 그렇지. 다 녹슬었잖아."

아빠는 주머니칼을 만지작거리며 말했습니다.

"그래서 얼마나 걸렸어요?"

"일주일이나 갈았단다. 그러니까 좀 날카로워셨어."

"그러면 어떻게 되는데요?"

"숫돌에 갈아서 날키롭게 한 다음에 나무로 자루를 만들어

꽂으면 주머니칼로 쓸 수 있지. 다 간 다음엔 나뭇가지 하나를 구해다가 칼로 살짝 쪼개서 이 못 대가리 부분을 그 안에 집어 넣고 실로 꼭 묶는 거야. 그러면 완성이지.”

민철이는 완성된 주머니칼을 늘 가지고 다녔습니다. 학교

에서는 연필을 깎을 때 쓰기도 했고, 흙장난을 할 때는 땅을
파는 도구로도 썼습니다. 한 마디로 만능칼이었던 것입니다.
희철이는 아빠의 어린 시절이 갑자기 궁금했습니다.

"그런데 이걸 왜 할머니가 갖고 계셨어요?"

“응. 나물 캘 때 쓰면 편하다고 하셔서 할머니께 드렸던 건
데 이번에 찾은 거란다. 할머니가 그동안 장롱 속 깊은 곳에
보관하고 계셨어.”

아빠는 말이 없었습니다.

“할머니가 봄이면 산에 가서 나물을 캐다 말려 팔아서 아빠
랑 고모 공부시키셨단다.”

희철이도 할머니 생각이 납니다. 일년에 한두 번 서울에 올
라오시던 할머니의 손은 늘 거칠었습니다. 꼬깃꼬깃한 용돈
만 원 짜리를 치마 속주머니에서 꺼내 주시던 할머니 생각이
났습니다.

그때 희철의 손등에 아빠의 눈물이 떨어졌습니다. 고개를
들어보니 아빠의 눈에 눈물이 가득했습니다.

“아빠, 울어?”

“응.”

희철이는 손을 들어 아빠의 눈물을 닦아주었습니다.

“고생만 하고 가신 할머니가 불쌍해서……. 먹고사는 게 힘
들다고 자주 연락도 못 드리고 효도도 못했는데……. 흑흑!”

주먹으로 눈물을 닦았지만 아빠의 눈에서는 계속 눈물이 흘렀습니다.

“아빠, 울지 마.”

희철이도 울먹이며 아빠의 목을 끌어안았습니다.

“김서방, 사부인은 누구나 갈 길을 가신 거라네. 사람이면 반드시 가는 길 아닌가!”

외할머니도 훌쩍이며 아빠를 위로했습니다. 엄마는 돌아앉아 흐느꼈습니다. 갑자기 온 집안에 슬픔의 기운이 감돌았습니다.

“네, 장모님, 으흐흑! 살아 계실 때 좀 더 잘 하지 못해서 그렇습니다. 으흐흑!”

아빠는 그렇게 눈물을 흘리며 울었습니다. 그날 밤 아빠는 희철이에게 주머니칼을 주었습니다.

“희철아, 이 칼 너도 살 보관했다가 나중에 네가 크면 네 아이에게 물려줘.”

“네.”

“이 칼에는 가난했던 시절 자식들을 위해 온몸을 바쳐 고생

한 네 할머니의 영혼이 깃들어 있단다.”

“네.”

희철이는 아빠가 건네준 주머니칼을 볼에 살그머니 대 보았습니다. 어린 시절 아빠가 레일에 귀를 대고 들었다던 기차 소리가 저 멀리서 들리는 것만 같았습니다.

차에 앉아만 있는 아저씨

온 세상에 매미 소리가 가득합니다. 가만히 있어도 땀이 줄줄 흐르는 뜨거운 여름입니다. 하루하루 더위가 기승을 부릴 때는 언제 찬바람이 불까 상상도 되지 않습니다.

209번 국도는 평소에 한가하시만 여름 휴가철만 되면 차량들이 제법 다니는 길이 됩니다. 사람들에게 조금 알려진 유진 계곡이 부근에 있기 때문입니다. 각종 수목으로 울창하고 환경이 널 오염된 이 계곡에 소용히 휴가를 즐기려는 사람들이 찾아옵니다.

“아빠, 아직도 멀었어요?”

민석이가 땀 흐르는 얼굴로 운전하는 아빠에게 물었습니다.

“응, 조금만 더 가면 된다.”

민석이네 식구는 차에 캠핑용품을 잔뜩 싣고 구불구불한 이 산길을 달립니다. 에어컨을 끄고 창문을 여니 서늘한 바람이 차안으로 마구 들어옵니다. 맑고 시원하기가 사이다같은 공기입니다.

“이모네 차도 잘 따라와요.”

뒤를 돌아보며 동생 민지가 말합니다.

두 가족은 유진계곡의 조용한 펜션을 예약해 며칠 놀다 올 계획이었던 것입니다.

“난 가면 수영해야지.”

“나는 물고기 잡을 거야.”

민석이와 민지는 신나서 떠들었습니다. 여름 휴가는 아무리 생각해도 어린이들에게 큰 즐거움입니다.

“어, 저거 뭐지?”

아빠는 계곡을 돌기 위해 핸들을 돌리다 저만치 길 아래에서 시커먼 연기가 솟구치는 것을 보았습니다.

“사고다!”

자동차 한 대가 구부러진 길 밖으로 튕겨 나가 계곡으로 곤두박질쳐 있었습니다. 다행히 차는 울창한 소나무에 걸려서 계곡 아래로 완전히 굴러 내려가진 않았습니다.

“방금 사고 났나봐.”

엄마가 당황해 어쩔 줄 모를 때 아빠는 차를 길가에 세웠습니다. 뒤따라오던 이모네 차도 덩달아 멈춰섰습니다. 이모부가 급히 달려왔습니다.

차 안에는 정신을 잃은 사람이 아직 빠져 나오지 못하고 있었습니다.

“어떡하지?”

“일단 119를 부르자구요.”

이모부는 핸드폰으로 긴급한 구조 요청을 했습니다. 그 사이에도 시커먼 연기기 치에서 뭉실뭉실 솟아올랐습니다.

“여보세요! 거기 내 말 들려요?”

비탈길을 조심스럽게 내려가면서 아빠가 소리쳐 불러보았지만 차 안의 사람은 움직임이 전혀 없습니다.

“형님, 같이 가요.”

신고를 마친 이모부가 아빠를 따라 경사진 길을 내려가자 지켜보던 가족들이 말했습니다.

“조심해요.”

그때 자동차 한 대가 지나가다 길가에 멈췄습니다. 창문이 열리더니 선량하게 생긴 아저씨가 물었습니다.

“사고 났습니까?”

“네. 자동차가 저 아래로 굴렀어요.”

엄마와 이모가 동시에 말했습니다. 아저씨는 차를 길가로 바짝 붙이더니 아래를 내려다 보다 안에서 뭔가를 꺼내 흔들며 말했습니다.

“이거 소화기예요. 일단 차 폭발하기 전에 불부터 끄라고 전해 주세요.”

폭발이라는 말에 엄마는 다른 생각할 겨를도 없이 소화기를 받아 아래로 내려가며 소리쳤습니다.

"여보! 소화기 여기 있어. 불부터 소화기로 끄래, 폭발한대. 위험해."

"알았어."

이모부가 다시 올라와 소화기를 가져다 차에 붙은 불을 껐습니다. 흰 분말이 쏟아져 나오니까 신기하게도 불이 꺼지고 검은 연기가 흰 연기로 바뀌었습니다.

"사람이 죽었습니까?"

소화기를 준 아저씨가 차에 탄 채 밖을 내다보며 물었습니다.

"아직 숨쉬어요!"

아빠가 밑에서 소리쳐 알려주었습니다.

"형님, 빨리 꺼내야겠어요."

"그래."

아빠와 이모부가 찌그러진 차 문을 억지로 비틀어 열려고 할 때 차에 탄 아저씨가 말했습니다.

"그냥 두세요. 구급대가 올 기예요."

엄마와 이모는 모두 아저씨를 돌아봤습니다.

"하지만 사람을 빨리 구해야 하잖아요."

아저씨는 고개를 저으며 말했습니다.

"그냥 놔두셔야 해요. 불은 껐으니까요. 잘못 조처하면 오히려 더 다쳐요."

무슨 말인지 잘 알 수가 없었습니다. 사람이 위험한데 그냥 놔두라니요.

그때 저 멀리서 구급차 소리가 났습니다. 드디어 119 인명 구조대가 온 거였습니다.

"자자, 비켜주세요. 위험합니다."

서둘러 차에서 나온 구조대원이 내려가고 아빠와 이모부는 올라왔습니다. 오렌지색 옷이 선명한 구급대원들은 차 문을 비틀어 열고는 아직도 정신을 못 차리는 운전자를 조심스럽게 차에서 끌어냈습니다. 들것에 눕혀 목 보호대를 한 뒤 역시 주의 깊게 들어올려 차에 실었습니다.

“누가 신고하셨습니까?”

“접니다.”

이모부가 나섰습니다.

“수고했습니다. 아주 침착하게 잘하셨습니다.”

“뭐 별로 한 게 없는데요.”

“아닙니다. 불도 잘 끄셨고 환자를 막 다루지 않으셨잖아요.”

“그거야 저 분이…….”

구급대원은 이모부가 가리키는 대로 차에 앉아 있는 아저씨를 힐끗 보고 말했습니다.

“나머지는 저희가 조처할테니 가던 길 가셔도 됩니다.”

구급대원 아저씨가 급한 가운데서도 칭찬을 하고 갔습니다.

그때까지도 소화기를 준 아저씨는 차에서 내리지 않고 창밖으로 목만 내밀고 이것저것 아는 체를 했습니다. 민석이와 민지는 갑자기 궁금해졌습니다.

“저 아저씨는 왜 안 내리고 말로만 떠들지?”

“글쎄 말이야.”

민석이가 민지와 수군거릴 때였습니다. 아빠가 그 차로 다가가 쓰다 남은 소화기를 건네주며 말했습니다.

"소화기 덕에 안전하게 불을 끌 수 있었습니다. 감사합니다."

"뭘요. 제 할 일을 했을 뿐인데요."

아빠는 아저씨와 잠시 이야기를 나누었습니다. 식구들이 차에 오르고 나서 한참 뒤에야 아빠가 돌아와 차에 시동을 걸었습니다.

"아빠, 저 아저씨 나빠."

그때 민지가 볼멘 소리로 말했습니다.

"왜?"

"아빠랑 이모부랑 사고 난 아저씨 구해주는데 말로만 떠들고 차에서 내리지도 않았잖아."

"맞아. 아저씨는 무서워서 그런 거지요?"

민석이도 물었습니다.

"허허. 민지야. 그게 아니고 저 아저씨는 장애인이야."

"네? 장애인요?"

"그래. 그래서 우리를 도울 수가 없었던 거야."

아빠는 아저씨와 나눈 이야기를 들려줬습니다.

“저 아저씨도 교통사고로 장애인이 되
었는데, 정신을 잃었을 때 사람들이 조
심하지 않고 막 잡아당기고 끌어내서
허리뼈가 완전히 부러져버렸대.”

“어머, 세상에!”

들고 있던 엄마가 놀라 눈을 동
그랗게 떴습니다.

“그래서 그 뒤로 휠체어를 타
고 다닌대. 만일 그때 가만 놔
두고 구급대원이 구해줬으면
저렇게 장애인이 되지 않을 수
도 있었대. 그래서 아까 우리더러 사고 난
아저씨를 함부로 꺼내면 안 된다고 한 거야. 아저씨는 안타까
운 마음에 차 안에서만 말로 우리를 도와준 거지.”

“어머, 난 그것도 모르고……. 이상한 사람이라고만 생각
했네.”

곁에서 이야기를 듣던 엄마도 얼굴이 빨개졌습니다.

“사고 나면 사람 구하는 것도 중요하지만, 자칫 잘못하면 더 다치게 할 수도 있는 거야.”

민지가 궁금해서 물었습니다.

“그럼 저 아저씨는 어떻게 차 운전해요?”

“다리는 못 써도 팔은 멀쩡하대. 그래서 손으로 운전하는 차를 몰던데. 옆에 보니까 휠체어가 접혀 있었어.”

“아하!”

민석이네 가족들은 이번 휴가에서 남을 돕는 좋은 일도 했지만 몰랐던 사실도 새롭게 배웠습니다.

그때 차에만 앉아 있던 아저씨가 차를 몰고 지나가면서 차 창 밖으로 손을 내밀어 흔들었습니다.

“먼저 갑니다.”

“네, 조심해 가세요.”

아빠도 창 밖으로 손을 흔들었습니다. 민석이와 민지도 힘껏 손을 흔들었습니다. 아저씨가 보이지 않을 때까지…….

맨드라미 화분

“자연환경 망치는 공장은 물러가라!”

“대대로 농사지은 땅이다. 어딜 감히 공장이 들어서냐!”

염대리 주민들은 모두 김씨네 밭 앞에 모여 데모를 했습니다. 이제 막 그 안으로 들어가려고 하던 굴삭기니 덤프트럭이 길가에 일어붙은 것처럼 서 있습니다.

주민이라고 해봐야 할아버지 할머니들이 머리에 붉은 띠를 두르고 고함을 지르는 것입니다. 그 모습은 어딘지 모르게 어

울리지 않고 우스꽝스러웠지만 그 표정만은 정말 심각했습니다. 어떤 일이 있더라도 이 건설기계들이 밭에 들어가는 걸 막고야 말겠다는 강한 의지가 엿보였습니다.

"아, 사장님이세요? 지금 동네 노인들이 와서 공사장에 진입을 못 하게 막는데요?"

머리에 헬멧을 쓴 책임자가 노인들의 이런 모습을 보면서 부지런히 전화 통화를 하고 있었습니다.

"잘 설득해봐요. 우리 공장은 결코 나쁜 공장이 아니라고."

"네. 그렇게 말씀드렸는데도 무조건 안 된다네요."

"정 안 된다면 할 수 없지. 경찰을 불러요."

"네? 경찰까지요?"

"방법이 없지 않소? 불법 시위잖아요."

"알겠습니다."

통화가 끝나도록 할아버지와 할머니들은 물러날 기세가 아니었습니다.

마을 초입에서 대대로 물려 농사짓던 밭을 팔고 김 씨가 이 딘가로 떠난 건 지난 해의 일이었습니다. 늙으신 어머니가 암에 걸려 치료해 보겠다고 있는 재산을 다 팔아 병원비로 쓰던 김 씨였습니다.

“여러분, 죄송합니다. 고향을 떠날 수밖에 없습니다.”

이사가는 날 김씨는 조촐하게 마을 사람들에게 식사를 대접하면서 말했습니다.

“우리 걱정은 말고 부디 어머니 병이나 잘 수발하게.”

“암, 사람이란 만났다가 헤어지고 그러는 게야.”

마을 사람들은 그런 김씨를 오히려 위로해 주었습니다. 어머니를 지극히 사랑해 자식으로서의 마지막 도를 다하려는 김 씨의 마음이 갸륵했기 때문입니다.

머지않아 김 씨는 재산도 날리고, 노모도 오래 살지 못해 아무것도 건진 게 없게 되고 말았습니다. 동네 뒷산에 어머니 묘를 장만하고 고향을 완전히 떠난 뒤 그 누구도 김 씨의 소식을 알지 못했습니다.

그 뒤 서울의 어느 회사가 샀다는 500평 남짓한 밭은 이듬해 아무 농사도 짓지 않아 잡초만 사람 키를 덮을 정도로 무성하게 자랐습니다. 지나가던 차에서 쓰레기까지 마구 버리고 가 땅은 더 엉망이 되었습니다.

그러더니 얼마 전부터 무슨 공장을 짓는다고 사람들이 와서 측량을 하고 말뚝을 박더니 이렇게 공사가 시작된 것입니다.

"아, 글씨 저 공장이 푸라스틱 만드는 공장이랴."

"뭐? 푸라스틱? 그거이 뭔데?"

"여기저기서 비니루 이런 거 모아서 뭘 만든대."

"아니 그러면 나쁜 거잖아."

동네 노인들은 소문만 듣고 도회지에 나가 사는 아들 딸들에게 이 사실을 알렸습니다.

"아버지, 그런 공장 들어서면 공해 때문에 공기가 아주 나빠져요."

"어머니, 공장 들어오면 농사는 다 지었습니다. 땅값 떨어져요. 누가 그 동네에 전원주택 지어서 들어와요? 큰일 났네!"

도회지 사는 똑똑한 자식들은 잘 알아보지도 않은 채 공장이라니까 무조건 반대부터 하고 나섰습니다.

그러자 동네 노인들 가슴에서는 심장이 뚝 떨어지는 소리가 났습니다.

“이를 어쩜 좋냐?”

“글쎄 말야. 공장 들어오면 아주 동네 버린다는구만.”

“조상 대대로 살던 곳인데 그렇게 되면 안 되지.”

“암, 안 되고 말고.”

“우리 이럴 게 아니라 데모라도 하자구. 안 그래도 요즘 경기가 시원찮아서 도회지 사는 아이들 힘들다는데, 그나마 물려줄 땅값까지 떨어지면 되겠어?”

“맞아, 맞아.”

그래서 동네 할아버지 할머니들은 난생 처음 데모라는 걸 하게 되었습니다. 머리띠를 두르고 몰려가 이렇게 공사를 못하게 막은 것입니다.

삐뽀삐뽀

요란한 소리와 함께 경찰차가 도착한 건 그때였습니다.

“무슨 일입니까?”

경찰관 아저씨가 차에서 내려 물었습니다.

“잘 왔습니다. 이 노인네들 어떻게 좀 해줘요.”

현장 소장이 반가워하자 동네 이장 할아버지도 나섰습
니다.

"순사 양반 잘 왔어. 이 좋은 땅에 공장이 들어온대. 못 하
게 막아 줘. 우리 동네 아주 버려버리잖아."

자초지종을 들어본 경찰관은 중간에 껴서 이러지도 저러지
도 못하게 되었습니다. 하지만 법에 따라 원칙을 지킬 수밖에
없었습니다.

"어르신늘, 이러시면 안 됩니다. 이 공사는 합법적인 공사
예요. 방해하시면 안 됩니다. 계속 이러시면 공사 못해서 손해
나는 거 물어주셔야 해요."

"합법이고 불법이고 우리는 몰라. 공장만 안 들어오면 돼."

할아버지 할머니들은 아예 경찰차 앞에 누워버렸습니다.

"우리를 죽이고 공사해라."

아주 곤란한 지경이 이르자 마침내 땅을 산 공장 주인이 나
타났습니다.

"어르신들, 이러지 마십시오. 저도 누구보다 환경을 소중히
여기고 자원을 아끼는 사람입니다. 제기 이 아름다운 곳의 환

경을 망치려고 공장 짓는 거 아닙니다.”

“푸라스틱 공장이라면서?”

“네. 맞습니다. 하지만 저희는 좀 다릅니다. 어떻게 보면 여러분을 도와드리는 겁니다.”

“공장이 돕긴 뭘 도와?”

“다 같은 것들이야.”

“맞아, 맞아.”

노인들은 누구의 말도 들으려 하지 않았습니다. 결국 그날 군청의 공무원들이 동원되고 경찰관들이 나서고서야 할아버지 할머니들은 집으로 등 떠밀려 돌아갔습니다.

“아이고, 우리 동네 다 망했네, 아이고!”

“이 나쁜 놈들이 우리 고향을 망쳐버리네.”

한 번 더 데모를 하면서 공사를 방해하면 노인일지라도 잡아 가둘 수밖에 없다고 경찰서장이 으름장을 놔서 노인들 답

답한 가슴에는 지글지글 화만 끓었습니다. 하지만 그 뒤로는
공장이 완공될 때까지 누구도 나서서 어쩌지 못했습니다. 법
을 어기면 감옥에 간다고 겁을 주었기 때문입니다.

염대리 주민들의 찌든 가슴이 활짝 펴진 건 공장이 가동된
다음이었습니다.

공장은 다름 아닌 재활용 공장이었던 것입니다. 폐플라스

틱, 페비닐 등을 모두 모아 고열로 녹여 틀에 찍어서는 화분이
나 고무 대야 같은 것을 만드는 곳이었습니다.

"어르신들, 저희가 처음 만든 물건입니다."

점잖게 생긴 공장장은 온 동네를 돌면서 재활용 플라스틱으
로 만든 화분과 커다란 고무 대야를 하나씩 선물로 돌렸습니다.

"오메, 이게 웬 거라고?"

선물을 받은 노인들은 기뻐했습니다. 그리고 자신들이 잘
모르면서 무턱대고 공장을 반대한 게 낯부끄러웠습니다. 왜
냐하면 공장이 들어선 뒤로 농사지을 때 온통 논과 밭을 덮었
던 골칫거리 페비닐을 남김없이 수거해 주었기 때문입니다.

"하여간 재활용은 좋은 것이여."

"암. 그렇구 말구."

"우리 동네가 훨씬 깨끗해졌잖어."

동네 노인들은 공장에서 나눠준 화분에 맨드라미를 심어놓
고 웃으면서 고개를 끄덕였습니다.

민규의 폐휴지

따뜻한 봄날입니다. 겨우내 움츠렸던 산과 들이 기지개를 켜는 것 같습니다. 민규네 집 앞뜰에도 봄햇살이 가득 찾아왔습니다.

"봄맞이 대청소나 좀 해야겠네."

부지런한 엄마는 마당을 쓸고 나서 집안 곳곳의 물건들을 치웠습니다.

"어머, 이게 다 뭐야?"

　　겨울 물건들을 보관하려고 오랜만에 지하실에 내려온 엄마는 깜짝 놀랐습니다. 한쪽 구석에 빈 상자며, 찢어진 전화번호부 등등의 폐휴지가 가득 쌓여 있었기 때문입니다. 회사 일로 바쁜 아빠가 이랬을 리는 없습니다.

　　"민규야! 민규야!"

　　집으로 들어온 엄마는 민규를 큰 소리로 불렀습니다.

　　"왜요, 엄마?"

　　학원 갈 준비를 하던 민규는 엄마가 다급하게 부르자 놀라 뛰어나왔습니다.

　　"지하실에 있는 종이들 네가 갖다 놓은 거니?"

　　"네."

　　민규는 잦아드는 목소리로 대답했습니다.

"아니, 너는 왜 이런 쓰레기를 집안에 끌
어들이는 거야? 당장 안 치워?"
"엄마 그게 치우면 안 되는 거예요."
"뭐라고?"
"쓰레기 아니에요."
"쓰레기가 아니면 뭐야?"
"재활용할 수 있는 거예요."

엄마는 어이가 없어 콧방귀를 뀝니다.

"허 참! 어이가 없어서……. 구질구질하니까 당장 버려!"

"안 돼요. 쓸 데가 있단 말이에요."

엄마는 민규가 고집을 꺾을 것 같지 않자 팔을 걷어붙였습
니다.

"좋아, 그러면 내가 치워야지."

"엄마! 안 된단 말예요."

민규는 며칠 전의 일을 떠올리면서 엄마를 막아섰습니다.

"제가 다 말씀드릴게요."

엄마는 그제서야 소파에 앉아 민규의 이야기에 귀를 기울
였습니다.

"할머니, 종이 떨어졌어요!"

어느날 학교에서 집으로 돌아오던 민규는 저만치 언덕길을
올라가는 할머니에게 소리쳤습니다.

"응? 으응?"

할머니는 귀가 어두운지 민규의 말을 잘 알아듣지 못하는

것 같았습니다.

"제가 갖다 드릴게요."

민규는 길바닥에 떨어진 종이 상자 두어 개를 집어들고 달려갔습니다.

할머니는 작은 손수레에 신문지며, 라면상자 등을 반쯤 채워 가는 중이었습니다. 아마도 길가에 버려진 종이들을 주워 팔아 돈을 버는 할머니인 것 같았습니다. 그러고 보니 오가다가 몇 번 본 것도 같아 낯이 익었습니다.

"응. 아가, 고맙다."

그제서야 할머니는 머리를 쓰다듬어 주었습니다. 할머니는 허리가 많이 굽었습니다. 연세가 많으신 할머니가 왜 이렇게 종이를 주워야 하는지 민규는 알 수가 없었습니다.

"할머니는 왜 이런 일 하세요?"

할머니의 손수레를 밀어주면서 민규가 물었습니다.

"돈이 없어서……."

"할머니는 아들이나 딸 없으세요?"

"없어."

"손자는요?"

"손자도 없어."

그 말을 듣는 순간 민규는 목동 사는 친할머니와 방이동 사는 외할머니를 떠올렸습니다. 두 할머니 다 민규를 만나면 귀여워합니다. 목동 할머니는 민규를 볼 때마다 용돈을 만 원씩 주십니다. 방이동 할머니는 옷도 예쁘게 입고, 아파트에 살면서 매일 운동하러 다니고 가끔은 태국 같은 나라에 여행도 가십니다.

그런 할머니와 비교하니 남루한 옷에 굽은 허리를 하고도 종이 주우러 다니는 이 할머니가 민규는 너무도 불쌍했습니다.

"어, 저기 종이가 또 있어요."

슈퍼마켓

민규는 수퍼마켓 앞에 내놓은 라면상자를 집어다 할머니의 손수레에 얹었습니다.

"아가, 고맙다."

그날 집에 돌아온 민규는 내내 우울한 마음을 지울 수가 없었습니다.

'왜 이 세상에는 가난한 사람이 많은 걸까?'

게으른 사람은 못 산다고 동화책에서 읽었지만 아까 본 할머니는 정말 부지런했습니다. 아침부터 나와서 하루 종일 폐휴지를 주우러 온 동네를 돌아다닌다고 했습니다. 그런데도 왜 할머니가 가난한지 알 수 없었습니다.

그날 저녁 집에 돌아온 아빠에게 민규는 물었습니다.

"아빠, 폐휴지 값은 얼마나 해요?"

"무슨 폐휴지?"

"있잖아요. 길거리에서 주워다 파는 종이상자 같은 거요."

"자원 재활용하는 데 가지고 가면 일 킬로그램에 한 백 원 주나? 아빠가 전에 사무실 책이랑 서류 정리할 때 보니까 그 정도 주던데."

“손수레로 하나 가득이면요?”

“그럼 이십 킬로그램 잡고 한 이천 원 되겠지, 뭐.”

민규는 깜짝 놀랐습니다. 하루 종일 고생해서 모은 종이값이 겨우 그 정도라니요. 할머니가 민규에게 주는 용돈도 만 원이 보통인데 너무 싸다는 생각이 들었습니다.

“가난한 사람들은 왜 가난해요?”

“오늘따라 이상한 질문 많이 하는구나. 그거야 직업이 없거나, 사업에 실패했기 때문 아니겠어?”

“할머니나 할아버지들이 가난한 건요?”

“자식들이 돌봐주지 않으니까 그렇지. 아니면 젊어서 준비를 잘 못했거나.”

민규는 아빠의 설명을 듣고도 쉽게 납득할 수 없었습니다. 가난에 대해 이해하는 건 어린 민규에게 무리였습니다.

한 가지 분명한 거 그 할머니를 어떻게 해서든 도와드려야 하겠다는 것뿐이었습니다.

‘그래, 내가 폐휴지를 모아서 할머니께 드리면 되잖아.’

다음날부터 민규는 길가에 다니면서 내다 버린 휴지나 헌

종이상자를 눈에 띄는 대로 모아 지하실에 쌓기 시작
했습니다. 물론 엄마 몰래 하는 일이었는데 오늘 이렇
게 들통이 난 것입니다.

"그래서 누군지도 모르고 언제 만날지도 모르는 할
머니 준다고 저렇게 종이를 모은단 말야?"

"네."

"나, 어이가 없어서. 얘가 누굴 닮아서 이렇게 천사
표야?"

엄마는 민규의 착한 마음씨가 싫
지는 않았지만 지하실에 지저분
한 폐휴지가 뒹구는 건 두고
볼 수가 없었습니다.

그때 아빠가 일찍 퇴근
해 들어오셨습니다.

엄마는 아빠에게 자초지종을 이야기했습니다. 아빠도 별로 마땅치 않아 보였습니다.

"이거 모아서 돈이 얼마나 된다고 그래? 길가에 내놓자."

아빠가 직접 내다 버리려 할 때 민규가 소리쳤습니다.

"안 돼요! 조금만 기다리면 할머니 만날 거예요. 그때 할머니 드릴게요."

"글쎄 안 된다니까. 차라리 돈으로 얼마 드리는 게 낫지."

민규는 할 수 없이 자신의 깊은 생각을 말했습니다.

"나중에 아빠도 사업 실패하고, 나도 가난하게 살면 아빠 엄마도 그 할머니처럼 폐휴지 주우러 다닐지도 모르잖아요. 그 생각을 하니까 할머니가 너무 불쌍했어요. 그래서 모은 거란 말예요."

울먹이며 말하는 민규를 보면서 아빠와 엄마는 얼굴이 붉어졌습니다.

“아니, 이 녀석이!”

“어머, 어머!”

아빠 엄마는 아들 민규가 이렇게 속이 깊은 줄은 미처 몰랐습니다.

“어허, 우리 아들이 이제 다 컸네.”

“얘는, 별 걱정을 다 해. 알았다 알았어. 네 맘대로 해라.”

다음날부터 민규네 가족은 한마음이 되어 파지를 열심히 모았습니다. 아빠도 회사에서 못 쓰는 종이들은 차에 실어 오곤 했습니다. 그러면서도 기분은 좋았습니다. 그건 언제 만날지 모르는 할머니에게 줄 작지만 소중한 선물이기 때문입니다.

할머니의 보자기

“이런이런, 이런 걸 다 버린단 말이냐?”

시골에서 갓 올라온 할머니는 보따리를 건넌방에 풀어 놓은 뒤 나와서 현관 입구에 쌓아 놓은 재활용품들을 보며 말했습니다. 엄마가 대청소한 뒤 버리려는 것들이었습니다.

할머니는 쭈그리고 앉아 이것저것 들춰보았습니다. 사용하다 만 연필꽂이, 낡은 그림책 등등의 잡동사니들을…….

“옛날에 우리 어렸을 때는 이런 물건 없어서 얼마나 아꼈는지 아니?”

“죄송해요, 어머니. 하지만 이런 걸 내다 팔 데가 없어요. 서울에서는…….”

엄마가 옆에서 약간은 얼굴을 붉히며 말했습니다.

“하긴 그렇겠구나. 아까운 물건들인데, 쯧쯧!”

“그래도 내놓으면 필요한 사람들이 다 집어가요.”

그때 이를 지켜보던 아름이는 학교에서 준 통신문 생각이 번쩍 났습니다.

“할머니, 우리 학교에서 벼룩시장 연댔어요.”

아름이가 가방에서 꺼내온 것은 정말 벼룩시장 통지문이었습니다. 그것은 물건을 아끼고, 나눠 쓰고, 바꿔 쓰며, 다시 쓰자는 ‘아나바다 운동’을 각 가정에 알리는 것입니다.

“이번 주 토요일날요, 각자 쓰던 물건을 가지고 오면 학교에서 장터를 연대요.”

“그래. 그런 곳에 가서 팔면 되겠구나.”

할머니는 고개를 끄덕였습니다.

"그러구요. 물건 가운데 좋은 것들은요, 경매를 해서 불우이웃을 돕는대요. 우리 집에서는 뭘 가지고 가야 되죠?"

"경매? 불우이웃?"

"네에."

"글쎄, 안 쓰는 물건인데 내다 팔아서 돈 받을 수 있는 게 뭐가 있을까?"

"이건 어때요?"

아름이가 아직도 쓸 수 있는 게임기 같은 것을 방에서 가지고 나왔습니다.

"아름아, 그건 너 저번에 사달라고 난리를 쳐서 사준 건데 벌써 내다버리겠다고?"

엄마가 눈을 모로 세웠습니다.

"아, 아니에요."

아름이는 찔끔했지만 경매에 자신이 내놓은 물건이 올라가 높은 가격 받는 것을 꼭 보고 싶었습니다.

"하지만 경매할 정도면 좋은 물건이라야 되는데 ……."

그 말을 들은 할머니가 조용히 방으로 들어가 뭔가를 가지고 나왔습니다.

"할머니, 그게 뭐예요?"

"이거 할머니가 시집 올 때 가지고 온 거거든."

펼쳐 보니 그것은 작은 천들을 이어 붙이고 예쁘게 수를 놓은 보자기였습니다. 빨갛고, 파랗고, 노란 오색 헝겊들을 곱게 이어 박아서 정말 예쁘기 짝이 없었습니다.

"어머, 어머니. 이렇게 아름다운 걸 정말 내다 파시겠다구요?"

"우리 아름이가 경매를 하고 싶다지 않냐? 이제 이런 물건 쓰는 사람도 없고, 가지고 있다 내가 죽으면 버리기밖에 더하겠니? 아름아, 이걸 가지고 한번 가봐라. 이걸 알아보는 사람은 아마 높은 가격을 부르고 살 게다."

"네, 할머니."

아름이는 신이 났습니다.

"그러면 재활용할 때 이 물건들도 같이 내다 팔래요."

아름이는 필통과 각종 잡동사니들을 현관 앞의 재활용품

더미에서 골라냈습니다.

"그래. 잘했다."

엄마는 중간에서 입장이 곤란해 어쩔 줄 몰라 했습니다.

드디어 토요일 오전, 학교 운동장은 아이들이 가지고 나온

물건들로 가득 찼습니다. 선생님들이 금을 그어놓고 각자 가게 터를 만들어 주었습니다.

"자, 이 금 그어 놓은 곳이 자기 가게라고 생각하고 열심히 장사하세요. 깎아주기도 하고, 물물교환을 해도 좋아요."

아름이도 방석 서너 개면 꽉 찰 만한 작은 칸 하나에 자리를 잡고 앉았습니다. 도화지

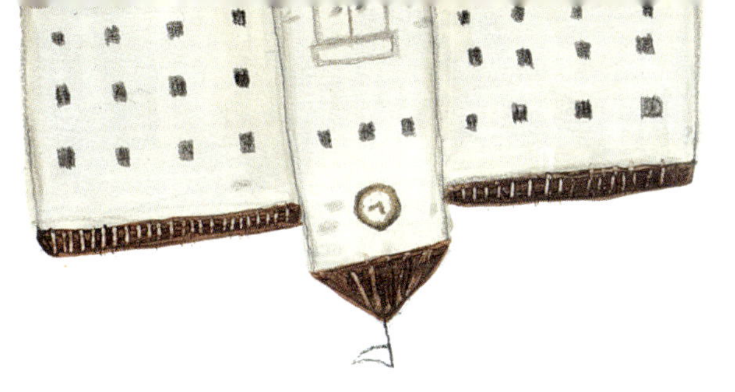

를 깔고 그 위에 물건들을 얹었습니다. 필통, 지우개, 동화책, 운동화 등등을 진열했습니다. 가격은 필통 하나에 백 원, 운동화는 오백 원, 이런 식입니다.

"자, 사세요, 사세요!"

익살맞은 아이들은 춤을 추면서 사람들을 불렀습니다. 민수는 시장에서 본 장사꾼의 흉내를 그럴듯하게 냈습니다.

"자 골라 골라! 싸요 싸. 골라 골라!"

동네 주민들과 학부모들이 흥미롭다는 듯 운동장으로 들어와 구경을 하였습니다.

여기저기서 흥정이 벌어졌습니다.

"백 원만 깎아 줘."

"안 돼. 그 대신 덤으로 이 연필 한 자루 줄게."

어떤 아저씨는 커다란 비닐봉지에 이것저것 물건을 사 담으며 기분 좋다는 표정이었습니다.

"야, 정말 시골 장터같구나."

그때 확성기에서 학교 방송이 나왔습니다.

"자, 경매가 시작되겠습니다. 어서 오십시오. 본부석 앞으로 오세요."

부모님들은 경매에 참여하려고 몰려갔습니다.

"자, 여기에는 새로 나온 그림입니다. 자, 이 그림 오백 원부터 시작합니다."

"오백 원."

"천 원"

"이천 원요."

“오천 원 부르겠소.”

여기저기서 손이 올라갈 때마다 선생님은 신이 났습니다. 처음 올라왔던 그림은 진석이 어머니에게 만 원에 팔렸습니다.

“자, 두 번째 올라온 물건은 도자기입니다. 생활도자기. 자, 이것도 오백 원부터 시작합니다.”

경매가 이어질수록 어른들은 재미있어 했습니다. 가격을 불러서 필요한 물건을 싸게 사는 재미가 좋았던 것이지요. 아름이는 할머니 물건이 언제나 나오나 하고 목을 빼고 기다렸습니다. 드디어 할머니의 보자기가 걸렸습니다.

“자, 손으로 직접 수놓아 만든 오래된 골동품 보자깁니다. 조선 시대의 자수무늬가 들어 있는 보자기, 자 요것도 오백 원부터 시작합니다.”

“천 원이오.”

“이천 원이오.”

그때였습니다. 갑자기 저 뒤에 서 있던 흰 수염 난 할아버지가 말했습니다.

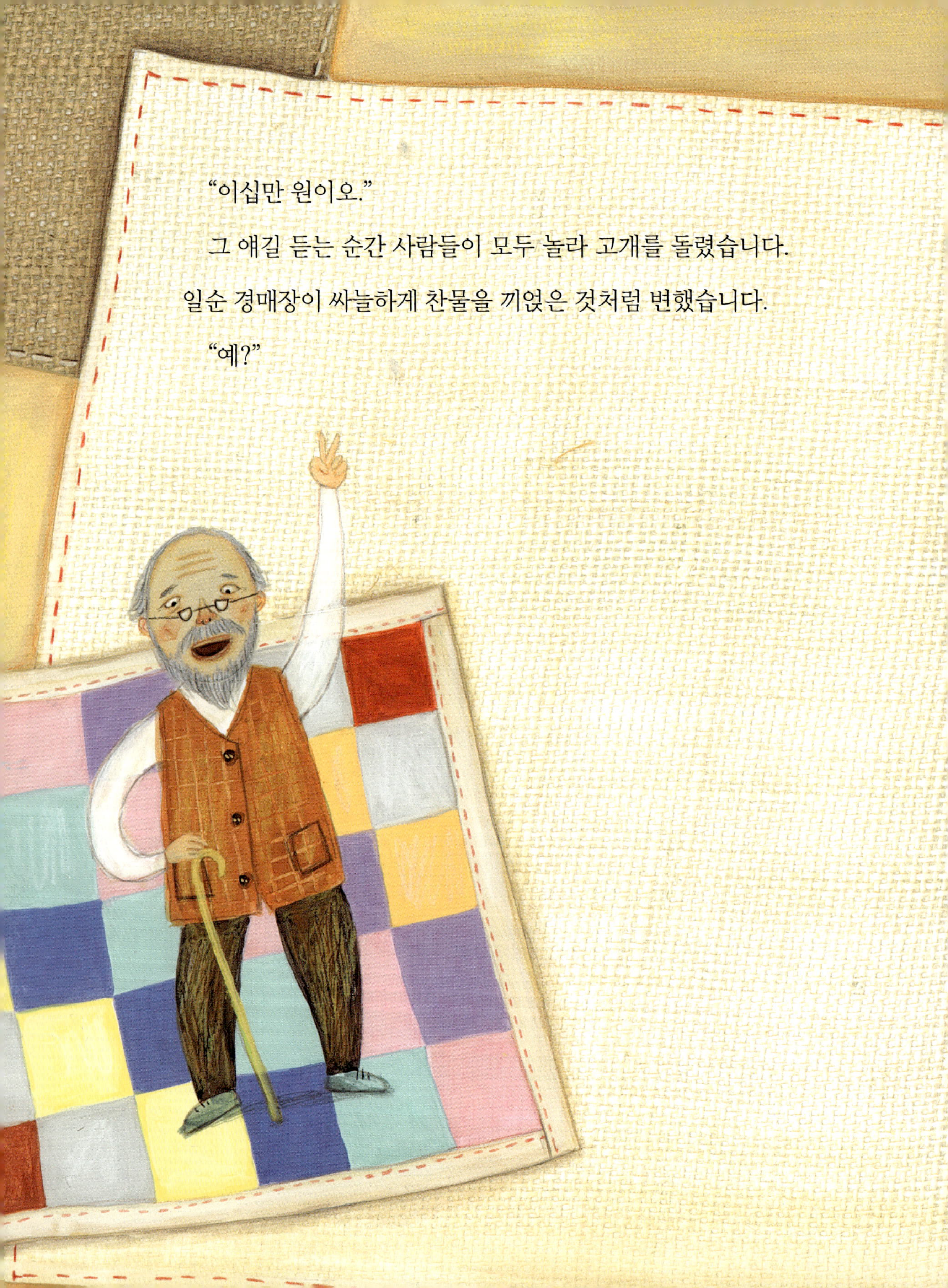

"이십만 원이오."

그 얘길 듣는 순간 사람들이 모두 놀라 고개를 돌렸습니다.

일순 경매장이 싸늘하게 찬물을 끼얹은 것처럼 변했습니다.

"예?"

할머니도 깜짝 놀랐습니다. 아무리 당신이 애지중지
하던 물건이라지만 이십만 원이나 하다니요.

"네. 이, 이십만 원에 낙찰입니다."

결국 경쟁자가 없어 할머니의 보자기는 이십만 원
에 수염이 하얀 할아버지에게 팔렸습니다.

"와!"

사람들은 모두 박수를 쳤습니다.

"할머니, 할머니 보자기가 이십만 원이래, 이십만
원. 와!"

경매가 끝나자 할아버지가 보자기를 받아들더니 할
머니에게 다가왔습니다.

"이렇게 귀한 물건을 얻게 해주셔서 감사합니다."

"아이구, 놀랐습니다. 제 것이 이렇게 비쌀 줄은 몰
랐어요."

"이런 물건은 보기 힘든 것입니다. 직접 손으로 뜨고 자수
한 것이 꼭 저희 어머니 생각이 나서 제가 사지 않을 수 없었
습니다. 감사합니다. 저희 어머니는 저를 일제 시대 때부터 기
르시느라 애를 쓰셨고 삯바느질로 저를 키우셨습니다. 전쟁
통에 제가 어머니를 잃고 남한으로 피난오는 통에 어머니의
유품이 하나도 없었는데, 이걸 어머니의 유품으로 생각하며
간직하겠습니다."

"아유, 고맙습니다."

집에 돌아오면서 아름이가 말했습니다.

"할머니, 오래 되고 낡은 거라고 다 버릴 건 아니네요."

"그럼, 오래 되고 낡은 것일수록 그 안에는 이야기가 들어
있고, 정과 사랑이 녹아 있는 법이란다."

"빨리 가서 엄마한테 자랑해야지. 할머니 거 비싸게 팔았다
고……."

저만치 달려가는 아름이를 보며 할머니는 주름살 투성이
얼굴로 곱게 웃었습니다.

지혜로운 할아버지

“이 하천에서 밧데리나 약품으로

물고기를 잡으면 고발함!”

가평군 설악면 엄소리의 개천엔 이렇게 살벌한 경고판이

붙어 있습니다.

산으로 둥그렇게 둘러씨인 이 마을의 개천엔 상류에 오염

을 일으킬 축사나 공장 같은 것이 없습니다. 그러니 늘 맑고

깨끗한 물이 흐를 수밖에 없습니다.

물론 집집마다 소를 기르지만 그 소들이 싸는 똥, 오줌은 모두 톱밥에 흡수되어 거름이 됩니다. 흘러서 개천으로 들어가지 않습니다. 그러니 자연스럽게 다슬기를 비롯해 일급수에만 사는 버들치, 쉬리, 꺽지 같은 물고기들이 바글바글할 수밖에 없습니다.

하지만 그런 물고기들이 저절로 보호되는 것은 아닙니다. 사람들이 잘 지켜주지 않으면 금세 사라지기 때문입니다. 마을 주민들은 물고기를 잘 관리하려고 늘 많은 노력을 하고 있었습니다.

"아, 당장 경찰서로 보내라니까!"

"내가 왜 경찰서를 가요? 고기 몇 마리 잡은 걸 가지고……."

엄소리 개천가에서 시비가 붙어 사람들이 고함지르는 요란한 소리가 온 동네에 울려 퍼졌습니다. 무슨 일인가 보니 여름이라 피서를 온 다른 동네 청년들이 동네 할아버지들에게 멱살을 잡혀 티격태격하는 중이었습니다.

“저기 써붙여 놓은 팻말 못 봤어?”

“아 글쎄, 못 봤다니까요.”

“못 봤어도 할 수 없어. 당신들이 이곳에서 불법으로 고기를 잡은 건 사실이니까…….”

청년들은 모처럼 맑은 물에서 고기를 잡고 매운탕 끓여 먹었는데, 난데없이 동네 노인들이 몰려 와 난리 치는 이유를 알지 못했습니다.

“거 이 동네 인심 한 번 야박하네.”

“정말이야. 이래서야 어디 사람 살겠어?”

청년들이 빈정거리자 할아버지들은 화가 머리끝까지 치밀었습니다.

“정말 이 사람들 안 되겠군. 경찰 불러.”

“맞아, 불법으로 고기 씨를 말렸으니까 콩밥을 먹여야 해. 저게 어디 매운탕 끓여 먹을 정도야?”

할아버지와 할머니들은 청년들이 잡아 놓은 물고기들을 보며 혀를 끌끌 찼습니다.

아닌게 아니라 양동이로 하나 가득 죽은 물고기를 담아 놓

POLICE

고도 모자라 옆의 비닐봉지에도 고기가 가득했습니다.

"우리가 무슨 불법으로 고기를 잡았다고 그러세요?"

자신들이 생각해도 좀 많이 잡았다 싶어 청년들의 목소리는 조금 약해졌습니다.

그때 할머니 한 분이 청년들의 텐트 안을 기웃거리다 뭔가를 꺼내 들고 소리쳤습니다.

"이거 봐요. 이거."

할머니가 보여주는 건 자동차 배터리였습니다.

"아니, 전기로 물고기를 잡은 거야?"

"원 이런 몹쓸 사람들이 있나."

배터리에는 길게 선이 연결되어 있었습니다. 음극과 양극에 연결된 선을 물에 대면 물고기들이 전기 충격을 받고 죽어 배를 위로 하고 하얗게 떠오르도록 만든 것입니다. 큰 물고기 작은 물고기 할 것 없이 모두 죽이기 때문에 그건 절대 사용할 수 없는 잔인한 방법이었습니다.

"어이구, 농약도 있어."

다른 할아버지가 농약병도 꺼냈습니다. 독한 농약을 물에 풀면 그 물로 호흡하는 물고기들이 죽어 떠오르는 끔찍한 방법까지 쓴 것입니다.

“이 사람들, 안 되겠어. 경찰에 신고해야지.”

“아주 악질적인 사람들이야.”

물고기들이 마치 자식들이라도 되는 것처럼 할아버지 할머니는 모두 분개했습니다.

불법으로 물고기 잡은 증거물들이 발견되자 청년들은 내도를 확 바꿨습니다.

“잘못했습니다. 용서해 주세요.”

“한번만 봐주세요.”

그러나 때는 이미 늦었습니다. 누가 그새 신고했는지 저 멀리서 경찰차 오는 소리가 들렸기 때문입니다.

잠시 후 읍내 시구대에 삽혀간 청년들은 손이 발이 되도록 용서를 빌었지만, 이렇게 불법적인 방법으로 물고기를 잡은 건 분명 그냥 넘어갈 수 없는 살놋이었습니다. 모두 지켜야 할 법을 어긴 것이기 때문입니다.

"당신들은 아무래도 법의 심판을 받아야 하겠어."

청년들을 잡아다 조사를 하던 경찰관이 말했습니다.

"암, 혼이 좀 나야 해."

이들을 따라온 할아버지 할머니들이 고개를 끄덕였습니다. 그러자 다른 할아버지가 조심스럽게 말했습니다.

"감옥에 잡아넣자니 인생이 불쌍하지 않소?"

"그렇다고 봐주면 앞으로도 계속 그런 일이 벌어질 거 아니오?"

파출소 안에서 동네 주민들이 옥신각신입니다.

이야기를 들어보면 다 맞는 말 같았습니

다. 그래서 문제는 쉽게 해결될 것 같지 않았습니다.

그때 파출소 창밖을 무심히 내다보던 파출소장은 갑자기 얼굴이 환해졌습니다. 흰머리의 할아버지가 소를 몰고 지나가는 것을 보았기 때문입니다.

"회장님, 회장님!"

파출소장이 달려나가더니 잠시 후 초라한 행색의 노인을 모시고 들어왔습니다. 그 노인을 보자 동네 어른들도 모두 고개를 숙여 인사를 했습니다.

"회장님, 오랜만입니다."

"잘들 지냈소?"

노인은 아주 겸손한 자세로 인자하게 사람들의 인사를 받았습니다.

"안 그래도 잘 오셨습니다. 지금 물고기 잡은 청년들 때문에 골치가 아픈데 회장님께서 지혜를 주십시오.”

“무슨 일인지 모르지만 어디 들어봅시다.”

노인은 자초지종을 듣더니 고개를 끄덕이고는 말했습니다.

“그러니까 법대로 하자니 청년들이 반성하는데 인생을 망칠 수 없다는 거고, 그냥 용서하자니 원칙이 안 선다. 이거 아니오?”

“네 그렇습니다. 뭐 좋은 방법이 없겠습니까?”

노인은 잠시 생각하더니 입을 열었습니다.

“젊은 사람이 실수한 걸 가지고 너무 엄하게 다스리는 것도 어른들로서 할 일이 아니고, 그렇다고 그냥 용서하자니 강의 물고기들이 떼죽음을 당했기에 그럴 수 없는 것 아니오.”

“맞습니다.”

노인은 부드럽게 말을 했습니다.

“그럼 이렇게 합시다. 일단 젊은이들을 용서해 줍시다. 그렇지만 그냥 봐줄 수는 없으니까 가까운 청평 내수면 연구소에 가서 자기들이 죽인 만큼 어린 물고기를 사다가 우리 개천에 풀어주는 걸로…….”

그 말을 듣자 파출소 안에 있던 모든 사람들의 얼굴이 환해졌습니다. 기가 막힌 해결책이었기 때문입니다.

“아하, 그러면 되겠군요.”

“거 참, 기발한 생각이십니다.”

결국 청년들은 용서를 받기로 하고 부리나케 차를 몰아 청평을 다녀왔습니다. 커다란 투명 비닐봉지에 꺽지, 미꾸라지, 갈겨니, 버들치 등의 치어들을 잔뜩 담아와 자신들이 물고기를 잡았던 그 장소에 풀어주었습니다.

“어르신들 죄송합니다.”

“감사합니다. 다시는 안 그러겠습니다.”

인사를 하고 떠나려던 청년들이 동네 노인들에게 물었습니다.

“그런데 아까 그 파출소에서 뵌 회상님이라는 분은 어떤 분이세요? 저희가 인사라도 하고 싶은데…….”

그러자 돌아오는 대답은 신비한 것이었습니다.

“그분은 유명산 깊은 골짜기에 사시네.”

“옛날에 우리 동네 종친회 회장 하셨는데 농약도 안 쓰고 기계도 안 쓰면서 농사짓는 분이어서 우리가 신선이라고 부르지.”

“우리도 어디 사는지 사실은 잘 몰라.”

“아 네. 알겠습니다.”

청년들은 안도의 한숨을 쉬고 동네를 떠났습니다. 조용해진 개천엔 이제 새로운 환경에 적응하려고 비닐봉지에서 풀려난 어린 물고기들이 바쁘게 돌아다니고 있었습니다.

재미있는 독후활동

독서논술 전문 교육업체 ❀생각연필 독서논술과의 제휴를 통해
심화학습을 위한 독후활동지를 부록으로 수록합니다.

이 세상에는 우리의 관심과 배려를 필요로 하는 사람들이 많아요.

다른 사람을 배려하기 위해서는 가장 먼저 관심이 필요하지요. 친구에게, 이웃에게 관심을 가져야 그 사람에게 무엇이 필요한지 알 수 있고, 그 사람을 배려할 수 있어요.

어른이 아이에게, 반대로 아이들이 어른을 배려하는 모습을 통해 우리가 살아가는 세상이 얼마나 아름다운지 알 수 있지요.

우리 주변에 우리의 관심과 배려가 필요한 사람이 누구인지 살펴보기로 해요. 또 사람뿐만 아니라 자연도 우리의 배려를 필요로 한다는 것도 잊지 마세요.

책 내용 정리하기

아래 표의 빈 칸에 책 내용을 정리해 보세요.

번호	제목	주인공	내용
1	도시락 안 싸간 날	송이	깜빡 잊고 도시락을 안 가져온 송이에게 친구들이 자기 도시락에서 한 숟가락씩 나눠 줌.
2	어버이날 생긴 일		
3	아빠의 주머니칼		
4	차에 앉아만 있는 아저씨		

번호	제목	주인공	내용
5	맨드라미 화분		
6	민규의 폐휴지		
7	할머니의 보자기		
8	지혜로운 할아버지		

사자성어와 속담

1. 다음 한자의 뜻을 찾아서 써 보세요.

1) 十匙一飯 (십시일반)

뜻 ____

2) 惻隱之心 (측은지심)

뜻 ____

3) 溫故知新 (온고지신)

뜻 ____

4) 反哺之孝 (반포지효)

뜻 ____

5) 易地思之 (역지사지)

뜻 ____

2. 사랑과 배려, 그리고 반대의 의미인 욕심과 원망에 대한 속담을 적어보세요.

1) 바다는 메워도 사람의 욕심은 못 채운다.

2) ____

3) ____

4) ____

5) ____

자연과 환경보호

산업이 발달하면서 우리의 삶은 매우 편리해졌지만, 반대로 환경 문제는 점점 심각해지고 있어요. 공기, 흙, 물의 오염과 자연의 파괴는 물론이고, 그 원인이 되는 매연과 쓰레기, 생활오염, 에너지원의 고갈 등 환경에 영향을 주는 문제들이 정말 많아요. 지구온난화 문제도 그중 하나이지요.
자연과 환경을 생각하는 마음으로 다음 문제에 답해 보세요.

1. 우리 주변에서 볼 수 있는 환경파괴 모습에는 어떤 것들이 있나요?

예) 음식물쓰레기에 비닐, 딱딱한 뼈와 껍질을 함께 버려요.

2. 옛날과 달라진 오늘날의 환경에는 어떤 것이 있는지 찾아서 적어보세요.

예) 미세먼지로 인해 맑고 파란 하늘을 보기가 어려워요.

3. 우리가 쉽게 실천할 수 있는 자연과 환경을 보호하는 활동을 적어보세요.

예) 1회용품의 사용을 최대한 줄여요.

사랑과 배려를 소재로 글쓰기

우리는 모두 이 세상에 함께 살고 있어요. 인간이 이렇게 모여 사는 것은 서로 어려운 일이 있을 때 돕고 배려하기 위해서입니다.

우리 친구들이 생활하면서 누군가로부터 도움을 받았거나, 또 누군가에게 도움을 주었던 일을 적어보세요.

초판 1쇄 발행 | 2022년 1월 3일

글 | 고정욱
그림 | 김미규
펴낸이 | 김영대
펴낸곳 | 도서출판 명주
출판등록 | 2011년 7월 20일(제 301-2013-083)
주소 | 서울특별시 강동구 천중로42길 45 2층
전화 | 02-485-1988
팩스 | 02-485-1488
ISBN 978-89-6985-015-7

ⓒ 고정욱, 김미규 2022
정가 12,000원

그림 작가 김미규 님과 연락이 닿지 않아 책을 먼저
출간하게 되었습니다. 작가님께서 연락주시는 대로
저작권료를 정산해드리노록 하겠습니다.

* 8세 이상 어린이들을 위한 책입니다.
* 잘못된 책은 바꾸어 드립니다.